FRANCESCA SIMON

FELAKET
HENRY
VE BETER BAKICI

Horrid Henry and the Bogey Babysitter

İLLÜSTRASYON *Tony Ross*
ÇEVİREN *Bahar Siber*

i l e t i ş i m

Eski dostlarım Caroline, Elton ve Andrew,
ve yeni dostlarım Miriam, Jonathan ve Michael'a

İÇİNDEKİLER

1
....

FELAKET HENRY CADILAR BAYRAMI'NI KUTLUYOR

Cadılar Bayramı! Uzun zamandır beklenen o harika gün! Felaket Henry, her yıl Cadılar Bayramı'nda şaşkınlıkla sevinci bir arada yaşıyordu: Koca bir gün, yanaklarını tıka basa şekerlemeyle doldurup felaket oyunlar oynamaya ayrılmıştı. En iyisi de, bunlara kimsenin kızmamasıydı. Yaşasındı!

Felaket Henry hazırlıklarını tamamlamıştı. Cephaneliğinde tuvalet kağıdı vardı. Su tabancası vardı. Tıraş köpüğü vardı. Tanrım, bu gece nasıl da oyunlar oynayacaktı. Kapıyı çaldığında, kendisine bir avuç dolusu şekerlemeyi derhal vermeyen herkesi, baştan aşağıya köpükle kaplayacaktı. Hele ona elma vermeye kalkanların vay haline. Felaket Henry bu tür eski kafalı yetişkinlerle nasıl başa çıkılması gerektiğini iyi bilirdi.

Henry, kırmızı-siyah şeytan kıyafetini yatağının üzerine sermişti. Kıyafetin yanında şeytan maskesi, parlak boynuzlar, üç dişli çatal ve bir kuyruk duruyordu. Henry bunları giyince herkesi korkutacaktı.

"Heh heh heh," diyerek şeytani bir kahkaha attı Felaket Henry.

"Henry," diye seslendi kapının ardından cılız bir ses. "Gel de yeni kıyafetimi gör."

"Hayır," dedi Henry.

"Hadi lütfen, Henry," dedi küçük kardeşi Mükemmel Peter.

"Hayır," dedi Henry. "İşim var."

"Yeni kıyafetim seninkinden daha güzel olduğu için kıskanıyorsun," dedi Peter.

"Kıskanmıyorum."

"Kıskanıyorsun."

Peter, Cadılar Bayramı için ne giymişti

acaba? Geçen yıl Henry'nin canavar
kıyafetinin aynısını giymiş, bu yüzden de
Henry'nin Cadılar Bayramı'nı mahvetmişti.
Ya bu yıl da şeytan kıyafetimin aynısını
giyerse ne yaparım, diye düşündü Henry.
Bu, o taklitçi küçük maymunun kendisi
kadar feci bir şey olurdu.

"Pekâlâ, iki dakikalığına içeri
gelebilirsin," dedi Henry.

Kocaman pembe bir tavşan zıplayarak
Henry'nin odasına girdi. Küçük beyaz
kulakları ve küçük beyaz bir kuyruğu
vardı. Vücudunun geri kalanı küçük pembe

beneklerle doluydu. Felaket Henry homurdandı. Ne salakça bir kıyafetti bu böyle. Şükürler olsun ki, onu giyen Henry değildi.

"Harika, değil mi?" dedi Mükemmel Peter.

"Hayır," dedi Henry. "Kıyafetin korkunç."

"Sadece kötülük olsun diye böyle diyorsun," dedi Peter olduğu yerde yukarı aşağı zıplayarak. "Bu gece bu kıyafetle Cadılar Bayramı turuna çıkmak için sabırsızlanıyorum."

Hayır olamazdı. Felaket Henry, birden midesine yumruk yemiş gibi oldu. Bu akşam Cadılar Bayramı turuna Peter'la birlikte çıkması gerekecekti. Pembe benekli bir tavşanla ortalıkta dolaşması gerekecekti. Herkes onu görecekti. Ne utanç verici! Kaba Ralph, onunla sonsuza dek dalga geçecekti. Huysuz Margaret ona "tavşancık" ismini takacaktı. Pembe benekli bir tavşan kendisini gittiği her yerde takip ederken, insanları nasıl korkutabilirdi? Henry yıkılmıştı. Herkes onunla dalga geçecekti.

"Bunu giyemezsin," dedi Henry umutsuzca.

"Giyerim," dedi Peter.

"Buna izin vermeyeceğim," dedi Henry.

Mükemmel Peter, Henry'ye baktı.

"Kıskanıyorsun," dedi.

Gırr! Felaket Henry, tam Peter'ın üzerine atlayıp o salak kıyafeti yırtacaktı ki, aklına bir fikir geldi.

Fikir acımasızdı.

Küçük düşürücüydü.

Ne olursa olsun, yapacağı her şey Peter'ın etrafta pembe beneklerle zıplamasından daha iyiydi.

"Bak ne diyeceğim," dedi Henry. "Çok iyi kalpli olduğum için canavar kıyafetimi giymene izin vereceğim. Hep onu giymek istemiştin."

"HAYIR!" dedi Peter. "Ben tavşan olmak istiyorum."

"Ama Cadılar Bayramı'nda korkunç olman gerek," dedi Henry.

"Korkuncum zaten," dedi Peter. "İnsanların üzerine zıplayıp 'bööö' diye bağıracağım."

"Seni gerçekten korkunç hale getirebilirim Peter," dedi Felaket Henry.

"Nasıl?" dedi Peter.

"Şuraya otur da göstereyim." Henry, çalışma masasının sandalyesini öne doğru itti.

"Ne yapacaksın?" dedi Peter şüpheyle ve geriye doğru bir adım attı.

"Hiçbir şey," dedi Henry. "Sadece sana yardım etmeye çalışıyorum."

Mükemmel Peter yerinden kıpırdamadı.

"Nasıl korkunç olacağım?" dedi şüpheyle.

"Saçlarına korkunç bir model verebilirim," dedi Henry.

Mükemmel Peter lülelerini sıkı sıkı kavradı.

"Ama ben saçlarımı seviyorum," dedi alçak bir sesle.

"Bugün Cadılar Bayramı," dedi Henry. "Korkunç olmak istiyor musun, istemiyor musun?"

"Hımm, şey, hmm," dedi Peter. Henry, Peter'ı sandalyeye oturtup eline makası aldı.

"Çok kesme ama," dedi Peter.

"Tabii ki kesmem," dedi Felaket Henry. "Sen sadece arkana yaslan ve gevşe. Sana söz veriyorum, yeni saç modelini beğeneceksin."

Felaket Henry makası açıp kapamaya başladı.

Kırt! Kırt! Kırt! Kırt! Kırt! Kırt!

Harika oldu, diye düşündü Felaket Henry.
Gururla eserine baktı. Belki de
büyüyünce berber olmalıydı. Evet!
Henry şimdiden görür gibi
oluyordu. Müşteriler Mösyö Henry'nin
makasının tek bir hareketi için
kilometrelerce sıra oluşturacaklardı.
Yeteneğini Peter gibi iğrenç birine
harcaması ne kadar yazıktı. Fakat yine de...

"Harika görünüyorsun, Peter," dedi
Henry. "Gerçekten korkunç oldun. Atomik
tavşan. Gel de bir bak."

Peter, Henry'nin yanına gitti ve aynaya
baktı.

"AAAAAAAAAAAAAAAĞĞĞĞĞĞ!"

"Kendin de korktun, öyle değil mi?" dedi
Henry. "Bu harika."

"AAAAAAAAAAAAAAAĞĞĞĞĞĞ!"
diye uludu Peter.

Anne koşarak odaya girdi.

"AAAAAAAAAAAAAAAĞĞĞĞĞĞ!"
diye uludu Anne.

"AAAAAAAAAAAAAAAĞĞĞĞĞĞĞ!"
diye uludu Peter.

"Henry!" diye bağırdı Anne. "Ne yaptın?
Seni felaket çocuk!"

Peter'ın saçından arta
kalanlar, kafasının üzerinde
irili ufaklı öbekler halinde
duruyordu. Bir tarafta,
diğer taraftakinden daha
fazla öbek vardı.

"Sadece Peter'ı korkunç hale getirmeye
çalışıyordum!" dedi
Henry. "Bunu
yapmamı kendisi
istedi."

"Henry beni
kandırdı!" dedi Peter.

"Zavallı bebeğim," dedi Anne.
Henry'ye ters ters baktı.

"Bu akşam Cadılar Bayramı turuna
çıkmanı yasaklıyorum!" dedi Anne.
"Evde kalacaksın."

Felaket Henry, kulaklarına inanamıyordu. Bu, bugüne dek başına gelen en kötü şeydi.

"HAYIR!" diye uludu Henry. Her şey Peter'ın suçuydu.

"Senden nefret ediyorum Peter!" diye ciyakladı Henry ve Peter'ın üzerine atıldı. Yılan şeklindeki saçlarını düşmanına dolayan Medusa olmuştu.

"Aaahh!" diye ciyakladı Peter.

"Henry!" diye bağırdı Anne. "Hemen odana gidiyorsun!"

* * *

Anne ve Peter, Cadılar Bayramı turu için evden çıktılar. Henry bağırmış, hıçkırıklara boğulmuş, yalvarmıştı. Gözyaşları belki Anne ile Peter'ın katı yüreklerini yumuşatır ümidiyle şeytan kıyafetini giymişti. Ama hayır. O feci, korkunç anne-babası fikirlerini değiştirmemişlerdi. Ne var ki buna pişman olacaklardı. Hepsi yaptıklarına pişman olacaktı.

Baba salona girdi. Elinde büyük bir alışveriş torbası vardı.

"Henry, benim yapmam gereken işler var, Cadılar Bayramı için kapıya gelenlere şekerleme verme işini sana bırakacağım."

Felaket Henry, intikam planını düşünmeyi kesti. Baba acaba aklını mı kaçırmıştı? Bu ne biçim bir cezaydı? Felaket Henry gülmemek için kendini zor tuttu.

"Cadılar Bayramı şekerlemeleri burada, Henry," dedi Baba ve Henry'ye ağır bir torba uzattı. "Fakat bu şekerlemeler sana

ait değil, unutma," diye ekledi. "Onları kapıya gelenlere vereceksin."

Tabii tabii, diye düşündü Henry.

"Tamam, Baba," dedi Henry olabildiğince uslu bir sesle. "Nasıl istiyorsan öyle olsun."

Baba mutfağa geri döndü. İşte beklediği fırsat ayağına gelmişti! Felaket Henry torbanın üzerine atıldı. Vay canına, torba ağzına kadar doluydu! Aradan en güzellerini seçip, o iğrenç limonlu ve naneli şekerlemeleri torbaya geri koyacaktı. Buradan alacağı şekerlemeler, ona en az bir hafta yeterdi!

Henry torbayı hızla açtı. Ve gördüklerine inanamadı. Torba ayva, elma ve taze cevizle doluydu. Anne-babasının bu görevi ona vermelerine şaşmamalıydı.

Ding dong.

Felaket Henry ağır adımlarla kapıya yaklaştı. Antrede hiçbir işe yaramayan, boş bir Cadılar Bayramı torbası bir başına duruyordu. Henry torbaya bir tekme savurduktan sonra kapıyı açtı ve karşısındakine dik dik baktı.

"Ne istiyorsun?" dedi Felaket Henry.

"Şekerleme," diye fısıldadı Sulugöz William. Korsan kılığına girmişti.

Felaket Henry korkunç torbayı uzattı.

"İyi şanslar!" dedi Henry. "Büyük bir sürprize hazırlıklı ol!"

William'ın,
torbadan
çıkanı görünce
şaşıracağına
şüphe yoktu.
Sulugöz
William
elindeki çuvalı
yere koydu,
gözlerini sıkıca kapattı ve peşinden elini
Henry'nin uzattığı torbaya daldırdı. Ayvadan
başka bir şey bulabilmek umuduyla torbayı
en dibine kadar arayıp taradı.

Felaket Henry, William'ın yerde duran
çuvalına baktı.

Hadisene Henry, dedi çuval. William
hayatta fark etmez.

Felaket Henry, çuvalın aynı şeyi ikinci bir
defa tekrar etmesini beklemedi.

Hop!

Hah!

İşte!

Felaket Henry, William'ın şekerlemelerinden bir avuç dolusu alıp kendi çantasına koydu.

Sulugöz William gözlerini açtı.

"Benim şekerlerimden mi aldın?"

"Hayır," dedi Henry.

William çuvalının içine baktı ve gözyaşlarına boğuldu.

"Aaağğğğğ!" diye ağladı William. "Henry benim..."

Henry, William'ı dışarı itti ve kapıyı kapattı.

Baba koşarak geldi.

"Ne oldu?"

"Hiçbir şey," dedi Henry. "William balkabaklarından korkup ağladı, o kadar."

Ucuz atlattım, diye düşündü Henry. Neredeyse yakalanacaktı. Belki de fazla açgözlü davranmıştı.

Ding dong.

Gelen Tembel Linda'ydı. Kafasına bir

yastık kılıfı geçirmişti.
Yanında Muhteşem
Gurinder vardı. O da
korkuluk kılığına girmişti.
  "Şekerlemeleri sökül!"
  "Evet, şekerlemeleri
sökül!"

"Gözlerinizi kapayın! Size büyük bir
sürprizim var," dedi Henry, torbayı
uzatırken.

"Oo, hediyemizi
kendimiz çekeceğiz!"
diye bağırdı Linda.

Tembel Linda ve
Muhteşem Gurinder
çantalarını yere
bırakıp gözlerini kapattılar ve ellerini
torbaya daldırdılar.

Hop!

Hah!

Hop!

Hah!

Hop!

Hah!

Tembel Linda gözlerini açtı.

"Dünyanın en korkunç hediyelerini sen veriyorsun, Henry," dedi Linda cevizine tiksintiyle bakarak.

"Bir daha bu eve gelmeyeceğiz," dedi Muhteşem Gurinder.

Hi hi hi, diye güldü Felaket Henry.

Ding dong.

Gelen İriyarı Bert'ti. Robot kılığına girmişti.

"Merhaba Bert, çantanda güzel şekerlemeler var mı?" diye sordu Henry.

"Bilmem," dedi İriyarı Bert.

Felaket Henry, çok geçmeden sorusunun cevabını kendi buldu. Bert'in çantasında bir sürü güzel şekerleme vardı. Huysuz Margaret'in, Hırçın Susan'ın, Neşeli Josh'un, Utangaç Ted'in de öyle. Henry'nin çantası kısa sürede doldu.

Ding dong.

Felaket Henry kapıyı açtı.

"Böö," dedi Atomik Tavşan.

Henry'nin şekerleme çantası! Eyvah! Anne çantayı görecekti!

"Aaayyyyy!" diye bağırdı Felaket Henry. "İmdat! Yardım edin!"

Henry, çantasını ardından sürükleyerek çabucak odasına çıktı ve şekerlemeleri yatağının altına sakladı. Ucuz atlattık, neredeyse yakalanıyordum, diye düşündü.

"Korkma Henry, benim," diye seslendi Mükemmel Peter.

Felaket Henry aşağıya indi.

"Olamaz!" dedi Henry. "Asla tanıyamazdım."

"Gerçekten mi?" dedi Peter.

"Gerçekten," dedi Henry.

"Bu sene herkes şekerleme verdi," dedi Mükemmel Peter. "İğrenç."

Felaket Henry torbayı uzattı.

"Oo, ayva," dedi Peter. "Ne kadar şanslıyım!"

"Umarım dersini almışsındır, Henry," dedi Anne katı bir sesle.

"Kesinlikle aldım," dedi Felaket Henry, Mükemmel Peter'ın şişkin çantasına bakarken. "Sonunda herkes hak ettiğini bulur."

2
....

FELAKET HENRY VE BETER BAKICI

"Kesinlikle olmaz!" diye bağırdı Alıngan Tess ve telefonu çat diye kapattı.

"Kesinlikle olmaz!" diye bağırdı Aksi Chris ve telefonu çat diye kapattı.

"Kesinlikle olmaz!" diye bağırdı Öfkeli Anna. "Delirmiş gibi bir halim mi var?"

Mülayim Martin bile meşgul olduğunu söylemişti.

Anne telefonu kapatıp homurdandı.

Akşam Felaket Henry'ye bakacak birini bulmak hiç de kolay değildi. Alıngan Tess geldiğinde, Henry banyoyu su basmasına neden olmuştu. Aksi Chris geldiğinde, Henry onun kitaplarını parçalamış ve yeni aldığı beyaz pantalonuna "kazara" vişne suyu dökmüştü. Öfkeli Anna geldiğinde, Henry... Yo, bu söylenemeyecek kadar feci bir şeydi. O kadar feci ki, Anna evden çığlıklar içinde koşarak kaçmış ve Anne ile Baba eve erken dönmek zorunda kalmışlardı.

Felaket Henry, bakıcılardan nefret ediyordu. Artık bebek değildi. Kimsenin ona bakmasını istemiyordu. Televizyon kumandasına ve Henry'nin bisküvilerine el koyup etrafa emirler yağdıran, kendini beğenmiş, çirkin suratlı bir takım ergenlere neden katlanmak zorunda kalsındı ki? Anne-babalar ait oldukları yerde, evde kalmalılar, diye düşündü Henry.

Zaten galiba kalmaları gerekecekti. Hah! Anne ile Baba kötü ve korkunç olabilirlerdi, ama Felaket Henry onları nasıl idare edeceğini biliyordu. Bakıcılarınsa ne yapacağı belli olmazdı, insanı uğraştırırlardı. Onları alt edip gerçek patronun kim olduğunu gösterdiğinizde ise, anlaşılmaz bir nedenden dolayı bir daha gelmek istemezlerdi. İyi bakıcılar, bütün gece uyanık kalıp hastalanana kadar şekerleme yemenize müsaade eden bakıcılardı. Ne yazık ki, Felaket Henry'ye bu bakıcılardan hiç rastlamamıştı.

"Bir bakıcı bulmamız gerek," diye ağlamaya başladı Anne. "Parti yarın gece. Herkesi denedim. Başka kim kaldı?"

"Biri olmalı," dedi Baba. "İyi düşün!"

Anne düşündü.

Baba düşündü.

"Rebecca'ya ne dersin?" dedi Baba.

Felaket Henry'nin kalbi bir an duracak gibi oldu. Mükemmel Peter'ın okul fotoğraflarına bıyık çizmeyi bıraktı. Belki

de yanlış duymuştu. Yo hayır, lütfen bakıcı olarak Rebecca gelmesindi! Tutulmaz Rebecca!

"Kim dedin?" diye sordu Henry. Sesi titremişti.

"Beni duydun," dedi Baba. "Rebecca."

"HAYIR!" diye bağırdı Henry. "Rebecca korkunç biri!"

"Hayır değil," dedi Baba. "Sadece katı."

"Başka kimse yok," dedi Anne merhametsiz bir ifadeyle. "Rebecca'yı arayacağım."

"O bir canavar!" diye ağlamaya başladı Henry. "Ralph'i saat altıda uykuya yatırmış!"

"Bence saat altıda uykuya yatmak harika

bir şey," dedi Mükemmel Peter. "Ne de olsa büyüme çağındaki çocukların uykuya ihtiyacı var."

Felaket Henry hırlayarak saldırdı. Zavallı ölümlüyü dipteki mezara doğru çeken Kara Dehliz Yaratığı olmuştu.

"AAAĞĞĞĞĞĞ!" diye çığlık attı Peter. "Henry saçımı çekiyor."

"Kes şunu Henry!" dedi Baba. "Anne telefonda konuşuyor."

Henry dua etti. Belki de Rebecca'nın işi vardı. Belki de hayır derdi. Belki de ölmüştü. Rebecca hakkında anlatılan her şeyi dinlemişti. Sert Toby'ye saat beşte pijamalarını giydirmiş ve bütün ödevlerini

yaptırmıştı. Titrek Dave'in bilgisayarının elektrik bağlantısını kesmişti. Huysuz Margaret'a yerleri sildirmişti. Hiç şüphe yoktu, Tutulmaz Rebecca şehrin en sert ergeniydi.

Henry halıya uzanıp ağlamaya başladı. Anne ahizeye bağırarak konuşmasına devam etti.

"Demek vaktin var! Bu harika bir haber, Rebecca. Hayır, sadece televizyonun sesi, gürültü için kusura bakma. Yarın görüşürüz."

"HAAYIIIIIIR!" diye ağlamaya başladı Henry.

Ding dong.

"Ben bakarım!" dedi Mükemmel Peter. Kapıya doğru koştu.

Henry kendini halının üzerine attı.

"BAKICI FALAN İSTEMİYORUM!" diye ağlamaya başladı.

Kapı açıldı. Henry'nin o güne kadar

gördüğü en şişman, en acımasız, en çirkin, en iğrenç genç kız içeri girdi. Kolları kocamandı. Kafası kocamandı. Dişleri kocamandı. Kahvaltıda fil, öğle yemeğinde timsah, çay saatinde çocuk yer gibi bir hali vardı.

"Yiyecek ne var?" diye sordu Rebecca. Baba geriye doğru bir adım attı. "Buzdolabındaki her şeyi çekinmeden yiyebilirsin," dedi.

"Merak etmeyin, çekinmem," dedi Rebecca.

"SENİ CADI, HEMEN EVİNE DÖN!" diye bağırdı Henry uluyarak.

"Yatma vakti saat dokuz," diye bağırdı Baba, sesiyle Henry'nin bağrışlarını bastırmaya çalışarak. Dikkatle Rebecca'nın yanından geçti, Henry'nin üzerinden atladı ve sokak kapısından dışarı koştu.

"BAKICI İSTEMİYORUM!" diye bağırdı Henry avazı çıktığı kadar.

"Uslu ol Henry," dedi Anne cılız bir sesle. Peşinden de kaçarcasına evden çıktı.

Kapı kapandı.

Felaket Henry, Tutulmaz Rebecca'yla evde yalnız kalmıştı.

Rebecca'ya ters ters baktı.

Rebecca da Henry'ye ters ters baktı.

"Hakkında her şeyi duydum, seni küçük solucan," diye gürledi Rebecca. "Ama benim canımı sıkmana izin vermeyeceğim."

Felaket Henry bağırmayı kesti.

"Öyle mi?" dedi Felaket Henry. "Göreceğiz bakalım."

Tutulmaz Rebecca pençelerini çıkarttı. Henry geri adım attı. Belki de en iyisi yolundan çekilmem, diye düşündü. Sonra da sessizce oturma odasına geçip televizyonu açtı.

Ahh, Çılgın Max. Yaşasın! Televizyonda Çılgın Max gibi muhteşem bir program varken, hayat ne kadar kötü olabilirdi ki? Rebecca'yla program bitince uğraşırdı.

Rebecca gürültülü adımlarla odaya girdi ve kumandayı kaptı.

ZAP!

DA DAT DA DAT DA DA DA DAT DAT, diye tango yapmaya başladı parlak pullu kıyafetler giymiş dansçılar.

"Hey," dedi Henry. "Çılgın Max'i seyrediyorum."

"N'apalım," dedi Rebecca. "*Ben de* dans yarışmasını seyrediyorum."

Hop!

Felaket Henry kumandayı kaptı.

ZAP!

"İşte Çılgın, Çılgın, Çıl..."

Hop!

ZAP!

DA DAT DA DAT DA DA DA DAT DAT.

DA DAT DA DAT DA DA DA DAT DAT.

Felaket Henry, döne döne tango yaparak odanın etrafında dolaştı.

"Kes şunu," diye homurdandı Rebecca.

Henry, çıkarabildiği kadar yüksek bir sesle şarkı söyleyerek ve televizyonun önünde sağa sola kayarak Rebecca'nın görüşünü kapattı.

"DA DAT DA DAT DA DA DA DAT DAT," diye şakıdı Henry.

"Seni uyarıyorum," dedi Rebecca.

Mükemmel Peter içeri girdi. Mavi tavşanlı pijamalarını çoktan giymiş, dişlerini fırçalamış ve saçını taramıştı.

Elinde, Çin Daması oyunu vardı.

"Rebecca, yatmadan önce benimle oyun oynar mısın?" diye sordu Peter.

"HAYIR!" diye gürledi Rebecca. "Televizyon seyretmeye çalışıyorum. Çeneni kapa ve gözümün önünden kaybol."

Mükemmel Peter geriye doğru bir adım attı.

"Ama ben düşünmüştüm ki... yatmaya hazır olduğuma göre..." diye söylendi Peter.

"Seninle oyun oynamaktan başka yapacak işlerim var," diye hırladı Rebecca. "Şimdi hemen yatağınıza gidin, ikiniz de."

"Ama daha yatma vaktine saatler var," diye itiraz etti Henry. "Çılgın Max'i seyretmek istiyorum."

"Ben de yatmak istemiyorum," dedi Mükemmel Peter çekingen bir sesle. "Televizyonda bir doğa programı olacak..."

"YATAĞINIZA!" diye uludu Rebecca.

"HAYIR!" diye uludu Henry.

"HEMEN DİYORUUUM!" diye gürledi Rebecca.

Felaket Henry nasıl olduğunu anlayamadı. Sanki bir ejderhanın ateşli nefesi, onu üst kata savurmuştu. Nasıl

olduğunu fark etmeden pijamalarını giymiş,
yatağına yatmıştı. Oysa saat daha yediydi.

Tutulmaz Rebecca ışığı söndürdü. "O
yataktan çıkmayı aklına bile getireyim
deme," diye tısladı. "Kalktığını görür, sesini
duyar, hatta kokunu bile alırsam, seni
doğduğuna pişman ederim.
Ben alt katta olacağım, sen
de üst katta. Böylece
kimsenin canı
yanmayacak." Sonra kapıyı
çarparak odadan çıktı.

Felaket Henry o kadar
şaşırmıştı ki, yerinden kıpırdayamadı. O,
bakıcıların buldozeri, öğretmenlerin
kâbusu, kardeşlerin en güçlüsü Felaket
Henry saat yedide yatağına yatmış, ışığını
söndürmüştü.

Saat yedide! Yatma vaktine daha tam iki
saat vardı! Buna işkence denirdi! Yan evde
çığlık atan Huysuz Margaret'in sesini
duyabiliyordu. Küçük Tom'un üç tekerlekli

bisikletini sağa sola çarparak dolaştığını duyabiliyordu. Kimse saat yedide yatağına girmemişti! Küçük çocuklar bile!

İşin kötüsü, Henry susamıştı. Rebecca yataktan çıkma dediyse ne çıkar sanki, diye düşündü Henry. Susadım. Aşağıya inip bir bardak su alacağım. Burası benim evim, canım ne isterse onu yaparım.

Ama Felaket Henry yerinden kıpırdayamadı.

Susuzluktan ölüyorum, diye düşündü Henry. Anne ve Baba eve döndüklerinde, beni böcek gibi susuzluktan kurumuş

halde bulacaklar. İşte o zaman Rebecca'nın başı büyük derde girecek.

Felaket Henry hâlâ yerinden kıpırdayamıyordu.

Haydi ayağını kaldır, diye zorladı kendini Henry. Ayağa kalkıp alt kattan bir bardak su alalım. O beter bakıcı yataktan çıkmamasını söylediyse ne yazardı? Ona ne yapabilirdi ki?

Kafamı kesip merdivenlerden aşağı fırlatabilir, diye düşündü Henry.

İiğğğğ.

Pekâlâ, deneyelim bakalım.

Felaket Henry birden kim olduğunu hatırladı. O, öğretmenlerin sınıftan koşarak kaçmasına sebep olan çocuktu. Korkunç kantin görevlisini alt eden çocuktu. Evden kaçıp neredeyse Kongo Çölü'ne kadar giden çocuktu.

Kalkıp bir bardak su alacağım, diye
düşündü Henry.

Fiti fiti fiti.

Felaket Henry sürünerek kapıya kadar
geldi.

Yavaşça kapıyı araladı.

Gıcırt.

Sonra yavaş yavaş
kapıyı açtı ve dışarı çıktı.

AAAĞĞĞĞĞĞ!

Tutulmaz Rebecca
merdivenin başında oturuyordu.

Bu bir tuzak, diye düşündü Henry. Meğer
dışarıda beni bekliyormuş. Öldüm ben,
işim bitti, sabaha kemiklerimi bulacaklar.

Felaket Henry gerisin geri odasına döndü
ve kıyametin kopmasını beklemeye
koyuldu.

Dışarıdan ses gelmedi..

Neler oluyordu? Rebecca neden gelip
onu lime lime etmiyordu?

Felaket Henry kapıyı aralayarak dışarıyı

gözetlemeye başladı.

Tutulmaz Rebecca hâlâ merdivenlerin başında oturuyordu. Hareket etmiyordu. Gözlerini tam önüne sabitlenmiş, öylece bakıyordu.

"Ö... ö... örümcek," diye fısıldadı Rebecca. Titreyen parmağıyla büyük, tüylü bir örümceği gösteriyordu.

"Çok büyük," dedi Henry. Gerçekten tüylü ve korkunç ve kımıl kımıl ve..."

"Kes!" diye çığlık attı Rebecca. "Bana yardım et Henry," diye yalvardı Rebecca.

Felaket Henry, boşuna korsan çetesinin korkusuz başkanı değildi.

"Hayatımı tehlikeye atıp örümceği etkisiz hale getirmeyi başarırsam, Çılgın Max'i seyredebilir miyim?" dedi Henry.

"Evet," dedi Rebecca.

"Anne ve Baba gelene kadar uyanık kalabilir miyim?"

"Evet," dedi Rebecca.

"Buzdolabındaki tüm dondurmayı yiyebilir miyim?"

"EVET," diye bağırdı Rebecca. "Şunu etkisiz hale getir yeter."

"Anlaştık," dedi Felaket Henry.

Henry koşarak odasına gitti ve bir kavanoz getirdi.

Felaket Henry örümceği kavanoza sokarken, Tutulmaz Rebecca gözlerini kapattı. Ne güzel bir örümcekti bu böyle!

"Tamamdır," dedi Henry.

Rebecca kırmızı renkli kem gözlerini açtı.

"Hemen yatağına geri dönüyorsun, seni küçük velet!"

"Ne?" dedi Henry.

"Yatağa. Hemen!" diye bağırdı Rebecca.

"Ama anlaşmıştık..." dedi Henry

"O, o zamandı," dedi Rebecca.

"Hilekâr," dedi Henry.

Örümcek kavanozunu arkasından çıkardı ve kapağını açtı.

"Hazır ol!" dedi.

"İİĞĞĞĞ!" diye ciyakladı Rebecca.

Felaket Henry tehditkâr bakışlarla ona doğru ilerledi.

"HAAYIIIIR!" diye ağlamaya başladı Rebecca geri geri giderek.

"Şimdi o odaya gir ve orada kal," dedi Henry. "Yoksa olacaklara karışmam."

Tutulmaz Rebecca banyoya kaçtı ve kapıyı kilitledi.

"Kalktığını görür, sesini duyar, hatta kokunu bile alırsam, seni doğduğuna pişman ederim," dedi Henry.

"Zaten çoktan pişman oldum," dedi Rebecca.

Felaket Henry, televizyonun karşısında güzel bir akşam geçirdi. Korku filmleri seyretti. Patlayıncaya kadar dondurma, şekerleme, bisküvi ve gevrek yedi.

Çıngır mıngır.

Eyvah. Anne ve Baba dönmüşlerdi.

Felaket Henry sokak kapısının açıldığını duyduğu anda yukarı çıktı ve yatağına girdi.

Anne ve Baba oturma odasına baktılar. Şekerleme kağıtları, bisküvi kırıntıları ve dondurma kutuları ortalığa saçılmıştı.

"Buzdolabındaki her şeyi çekinmeden yiyebileceğini sen söylemiştin," dedi Anne.

"Yine de," dedi Baba. "Bu ne pislik!"

"Üzülme," dedi Anne neşeyle. "Hiç

olmazsa Henry'yi yatırmayı başarmış. Bunu beceren ilk kişi."

Tutulmaz Rebecca sendeleyerek odaya girdi.

"Karnını doyuracak bir şeyler bulabildin mi?" dedi Baba.

"Hayır," dedi Tutulmaz Rebecca.

"Ah," dedi Baba.

"Bir aksilik olmadı ya?" diye sordu Anne.

Rebecca ona baktı.

"Artık eve gidebilir miyim?" dedi Rebecca.

"Cumartesi günü bakıcılık yapmaya gelebilir misin?" diye sordu Baba umutla.

"Siz benim aklımı kaçırdığımı mı sanıyorsunuz?" diye bağırdı Rebecca.

ÇAT!

Felaket Henry üst kattan homurdandı.

Kahretsin. Bu haksızlıktı. Bakıcıları tam eğitiyordu ki, anlaşılmaz bir nedenden dolayı bir daha gelmiyorlardı.

3
....

FELAKET HENRY'NİN YAĞMA AKINI

"Sen pisliğin tekisin, Susan!"

"Hayır değilim! Sensin pisliğin teki!"

"Sensin!" diye bağırdı Huysuz Margaret.

"Sensin!" diye bağırdı Hırçın Susan.

"Ööğğğğğ!"

"Ööğğğğğ!"

Huysuz Margaret'in Gizli Kulüp'ünde işler yolunda gitmiyordu.

Hırçın Susan ve Huysuz Margaret, Gizli Kulüp çadırında birbirlerine ters ters baktılar. Huysuz Margaret boş bisküvi kutusunu Susan'ın suratına doğru salladı.

"*Birisi* tüm bisküvileri yemiş," dedi Huysuz Margaret. "Ve o birisi ben değilim."

"Ben de değilim," dedi Hırçın Susan.

"Yalancı!"

"Yalancı!"

Margaret, Susan'a dilini çıkarttı.

Susan, Margaret'a dilini çıkarttı.

Margaret, Susan'ın saçını çekti.

"Ahh! Seni alçak!" diye bağırdı Susan. "Senden nefret ediyorum."

Susan, Margaret'ın saçını çekti.

"AHH!" diye bağırdı Huysuz Margaret. "Buna nasıl cesaret edersin?"

Kaşlarını çatarak birbirlerine baktılar.

"Dur bir dakika," dedi Margaret. "Acaba diyorum..."

* * *

Felaket Henry, pek uzak sayılmayacak bir mesafede, iğneli çalıların arasına gizlenmiş Mor El Kalesi'ndeki tahtında  oturuyordu. Ağzının kenarında kalmış bisküvi kırıntılarını sildi ve peşinden de geğirdi. Hiçbir şey, en büyük düşmanının bisküvilerinden daha lezzetli olamazdı.

Dallar ayrıldı.

"Parola!" diye tısladı Felaket Henry.

"Pis kokulu kurbağalar."

"Gir," dedi Henry.

Nöbetçi içeri girdi ve gizli tokalaşmayı yaptı.

"Henry, neden..." diye söze başladı Mükemmel Peter.

"Bana ünvanımla hitap et, Solucan!" dedi Henry.

"Özür dilerim Henry, yani Mor El'in Haşmetli Sultan Hazretleri."

"Böyle daha iyi," dedi Henry. Elini kaldırdı

57

ve Peter'a yer gösterdi. "Otur, Solucan."

"Neden ben Solucan'ım da sen Haşmetli Sultan Hazretleri'sin?"

"Çünkü ben başkanım," dedi Henry.

"Daha yüksek bir ünvan istiyorum," dedi Peter.

"Pekâlâ," dedi Haşmetli Sultan Hazretleri. "Haşmetli Solucan olabilirsin."

Peter düşündü.

"Haşmetli Sultan Solucan'a ne dersin?"

"Pekâlâ," dedi Henry. Sonra olduğu yerde donakaldı.

"Solucan! Ayak sesleri!"

Mükemmel Peter yaprakların arasından dışarı baktı.

"Düşmanlar yaklaşıyor!" diye uyardı.

Ağır adımlı koca ayaklar girişin önünde durdu.

"Parola!" dedi Felaket Henry.

"Köpek tıksırığı," dedi Margaret içeri girerek. Susan onu takip etti.

"Parola bu değil," dedi Henry.

"İçeri giremezsin," diye bağırdı nöbetçi, biraz geç kalmış olarak.

"Gizli Kulüp'ün bisküvilerini çalmışsın," dedi Huysuz Margaret.

"Evet Henry," dedi Susan.

Felaket Henry gerindi, peşinden de esnedi.

"İspat edin."

Huysuz Margaret, parmağıyla yerdeki kırıntıları işaret etti.

"Bu yerdeki kırıntılar ne kırıntısı?"

"Bisküvi kırıntısı," dedi Henry.

"Yani kabul ediyorsun!" diye bağırdı Margaret.

"Mor El bisküvisi," dedi Henry. Üzerinde kurukafa resmi olan Mor El bisküvi kutusunu gösterdi.

"Yalan söylüyorsun. Yalancının mumu..." dedi Margaret.

Felaket Henry kendini yere attı ve yuvarlanmaya başladı.

"Mum mu? Ah, pantalonum tutuştu, yanıyorum, itfaiyeyi çağırın!" diye bağırdı Henry.

Mükemmel Peter dışarı koştu.

"Anne!" diye haykırdı.

"Henry'nin pantalonu yanıyor!"

Margaret ve Susan hemen geri çekildiler. Felaket Henry yuvarlanmayı kesti ve gülmekten katıldı.

"Ha ha ha ha ha ... Mor El kuralları!"
diye kikirdedi.

"Sana bunun hesabını soracağız," dedi
Margaret.

"Evet soracağız," dedi Susan.

"Bisküvilerini gerçekten çalmadın, değil mi
Henry?" diye sordu Haşmetli Sultan
Solucan ertesi gün.

"Çaldıysam ne olur?" dedi Felaket Henry.
"Şimdi nöbete geri dön. Düşmanlarımız
intikam planı hazırlıyor olabilirler."

"Neden hep ben nöbetçilik yapıyorum?"
dedi Peter. "Bu haksızlık."

"Burası kimin kulübü?" dedi Henry
böbürlenerek.

Peter'ın dudakları titremeye başladı.

"Senin," dedi Peter.

"Dolayısıyla kulübün üyesi olarak
kalmak istiyorsan, ne diyorsam
yapacaksın," dedi Henry.

"Pekâlâ," dedi Peter.

"Unutma, bir gün işinde ustalaştığın zaman, nöbetçilikten baş nöbetçiliğe terfi edeceksin," dedi Henry.

"Yaa," dedi Peter sevinçle.

Her şey yoluna girince, Henry bisküvi kutusuna uzandı. Bugün için ağızda eriyen beş çikolatalı bisküvi ayırmıştı.

Henry kutuyu eline aldı ve durdu. Tıngırdamıyordu. Kutuyu salladı.

Ses gelmedi.

Felaket Henry kutunun kapağını açtı ve bağırmaya başladı.

Mor El bisküvi kutusu boştu. Sadece en dipte bir şey vardı. Üzerine hançer resmi çizilmiş bir kağıt parçası. Margaret'ın Gizli

Kulüp'ünün alçak amblemi! Pekâlâ, onlara patronun kim olduğun gösterecekti.

"Solucan!" diye bağırdı Henry. "Buraya gel!"

Peter içeri girdi.

"Soyulduk!" diye bağırdı Henry. "Kovuldun!"

"Aağğğ!" diye ağlamaya başladı Peter.

"İyi iş çıkardın, Susan," dedi Gizli Kulüp'ün başkanı, suratı çikolata içinde.

"Sen üç bisküvi alırken ben neden sadece iki bisküvi alıyorum anlayamıyorum. Üstelik sürünerek Mor El'e giren ve bisküvileri çalan da benim," dedi Susan hoşnutsuz bir ifadeyle.

"Başkanlık payı," dedi Huysuz Margaret.

"Bence yine de haksızlık," diye homurdandı Susan.

"Olabilir," dedi Margaret. "Şimdi casus raporunu dinleyelim."

"HAH HAH HAA!" diye tiz bir ses geldi dışarıdan.

Susan ve Margaret, Gizli Kulüp çadırından dışarı fırladılar. Çok geç kalmışlardı. Henry, çaldığı Gizli Kulüp bayrağını havada dalgalandırarak gösterişli bir şekilde yürüyordu.

"Bayrağı geri ver, Henry!" diye bağırdı Margaret.

"Kendin al!" dedi Henry.

Susan onu yakalamaya çalıştı. Henry koşarak kaçtı.

Margaret onu yakalamaya çalıştı. Henry kenara kaçtı.

"Gelin de beni yakalayın!" diye meydan okudu Henry.

"Pekâlâ," dedi Margaret. Ona doğru yürüdü. Sonra birdenbire duvarın üzerinden Henry'nin bahçesine atladı ve Mor El Kalesi'ne doğru koştu.

"Hey, git buradan!" diye bağırdı Henry, Margaret'ın arkasından kovalarken. Tam ona ihtiyacı varken, o işe yaramaz nöbetçi nerelere kaybolmuştu?

Margaret, Henry'nin üzerinde kurukafa resmi olan bayrağını kaptı ve birkaç adım geriye gitti.

İki başkan dönüp birbirinin suratına baktı.

"Bayrağımı geri ver!" dedi Henry.

"Bayrağımı geri ver!" dedi Margaret.

"Önce sen ver," dedi Henry.

"Önce *sen* ver," dedi Margaret.

İkisi de yerinden kıpırdamadı.

"Pekâlâ, üçe kadar sayıp bayrakları birbirimize doğru fırlatacağız," dedi Margaret. "Bir, iki, üç... Fırlat!"

Margaret'ın bayrağı, hâlâ Henry'nin elindeydi.

Henry'nin bayrağı, hâlâ Margaret'ın elindeydi.

"Mızıkçı," dedi Margaret.

"Mızıkçı," dedi Henry.

"Seni bilmem ama, benim halletmem gereken bir casusluk işim var," dedi Margaret.

"Eee?," dedi Henry. "Hallet o zaman. Seni tutan yok."

"Bayrağımı bırak, Henry," dedi Margaret.

"Hayır," dedi Henry.

"Pekâlâ," dedi Margaret. "Susan! Bana makas getir."

Susan koşarak uzaklaştı.

"Peter!" diye bağırdı Henry.

"Solucan! Sultan Solucan! Haşmetli Sultan Solucan!"

Peter üst kat penceresinden kafasını uzattı.

"Peter! Makası kap getir! Hemen!" diye emretti Henry.

"Hayır," dedi Peter. "Beni kovmuştun, unuttun mu?" Peter pencereyi çarparak kapattı.

"Seni öldüreceğim, Peter," diye bağırdı Henry.

Hırçın Susan elinde makasla geri geldi ve onu Margaret'a verdi. Margaret makası Henry'nin bayrağına yaklaştırdı. Henry yerinden kımıldamadı. Margaret bu kadarına cesaret edemezdi.

Kırt!

Aağghhh! Huysuz Margaret, Henry'nin bayrağının bir köşesini kesmişti. Makası, bayraktan yeni bir parça kesecek gibi tutuyordu.

Felaket Henry, bu bayrağı hazırlamak için saatlerce uğraşmıştı. Yenilgiyi kabullenmesi gerektiğini anladı.

"Dur!" diye bağırdı Henry.

Henry, Margaret'ın bayrağını bıraktı. Margaret de Henry'nin bayrağını bıraktı. Yavaşça, birbirlerine doğru eğildiler ve kendilerine ait bayrağı almak için hamle ettiler.

"Ateşkes mi?" dedi Huysuz Margaret sevinçle sırıtarak.

"Ateşkes," dedi Felaket Henry kaşlarını çatarak.

Bunun hesabını soracağım, diye düşündü Felaket Henry. Bayrağıma dokunanın icabına bakarım.

* * *

Felaket Henry karanlık çökene kadar bekledi. Yan taraftan, Huysuz Margaret'ın akortsuz sesler çıkartarak piyano egzersizi yaptığı duyuluyordu.

Ortalık sakindi. Felaket Henry yavaşça dışarı süzüldü, duvarın üzerinden atlayarak öteki tarafa geçti ve Gizli Kulüp Çadırı'na daldı.

Hop! Henry, Gizli Kulüp kalemlerini ve kulüp defterini ortadan kaldırdı.

Hop! Henry, Gizli Kulüp taburesini aşırdı.

Hop! Henry, Gizli Kulüp bisküvi kutusunu çantaya attı.

Hepsi bu kadar mıydı?

Hayır!

Hop! Henry, Gizli Kulüp parolasının yazılı olduğu tabelayı kaptı ("Kahrolsun oğlanlar").

Hop! Henry, Gizli Kulüp kilimini çaldı.

Felaket Henry etrafa baktı. Gizli Kulüp Çadırı çırılçıplak kalmıştı.

Bir şey dışında...

Henry bir an düşündü. Bunu yapmalı mıydı?

Evet!

Puf! Gizli Kulüp Çadırı çöktü. Henry,

çadırı katlayıp ganimetinin geri kalanlıyla birlikte kolunun altına yerleştirdi.

Felaket Henry, Gizli Kulüp'ü yüklenmiş halde, oflaya puflaya duvarı aştı.

Yağma yapmak ağır ve zor bir iş olsa da, bir korsan işinin gereğini yapmalıydı. Bu ganimetlerle çadırını çok güzel dekore edecekti. Yere bir halı, fazladan bir bisküvi kutusu, yeni bir parola tabelası ("Kahrolsun kızlar"). Evet, Mor El Kalesi'ne bundan böyle Mor El Sarayı demek gerekecekti.

Demişken, Mor El Kalesi neredeydi?

Felaket Henry, çılgına dönmüş halde kalenin girişini aradı.

Kale yok olmuştu.

Mor El tahtını aradı.

Taht yok olmuştu.

Ve Mor El bisküvi kutusu... O DA YOK OLMUŞTU!

Gölgelerin arasından bir hışırtı sesi geldi. Felaket Henry arkasını dönünce tuhaf bir şey gördü. Mor El Kalesi, barakaya yaslanmıştı.

Ne?!

Birden kale hareket etmeye başladı.

Kale, dört bodur bacak üzerinde, ağır ve sarsak adımlarla çimenliği geçerek duvara yaklaştı.

Felaket Henry, öfkeden mosmor oldu. Nasıl olur da birisi çadırını çalmaya cesaret ederdi! Bu rezaletin ta kendisiydi. Dünya nereye gidiyordu böyle? İnsanlar bahçene girip kaleni alıp götürüyorlardı. Yo, buna bir dur demek gerekiyordu!

Felaket Henry, bir korsan çığlığı attı.

"RAAAAA!" diye kükredi Felaket Henry.

"AHHHHH!" diye bağırdı Kale.

GÜM!

Mor El Kalesi yere düştü.

Yağmacılar koşarak kaçtılar.

"Sana acele etmeni söylemiştim, seni tembel teneke!"

"Sensin tembel teneke!"

Zafer, Henry'nindi!

Felaket Henry, Mor El Kalesi'nin en tepesine çıktı ve bayrağını gururla sallayarak şarkı söylemeye başladı:

HAH HA HAH HAAA!

4

FELAKET HENRY'NİN ARABA GEZİSİ

"Henry! Seni bekliyoruz!"

"Henry! Hemen aşağıya in!"

"Henry! Seni uyarıyorum!"

Felaket Henry kaşlarını çatmış, yatağında oturuyordu. Korkunç anne-babası istediklerini söyleyebilirlerdi. Yerinden kıpırdamayacaktı.

"Henry! Geç kalıyoruz," diye haykırdı Anne.

"İyi!" diye bağırdı Henry.

"Henry! Seni son kez uyarıyorum," diye haykırdı Baba.

"Polly'lere gitmek istemiyorum!" diye bağırdı Henry. "Ben Ralph'in doğum gününe gitmek istiyorum."

Anne yukarı çıktı.

"Gidemezsin," dedi Anne. "Vaftiz törenine geleceksin, işte o kadar."

"HAYIR!" diye ciyakladı Henry. "Polly'den nefret ediyorum, bebeklerden nefret ediyorum ve senden de nefret ediyorum!"

Henry, kuzeni Çıtkırıldım Polly ile Sivilceli Paul'ün düğününde sağdıçlık yapmıştı. Şimdi ikisinin çıtkırıldım ve sivilceli bir bebekleri olmuştu: Kusmuk Vera.

Henry, Vera'yı daha önce bir kez görmüştü. Vera eline geçirdiği her şeyi Henry'ye fırlatmıştı. Henry, Vera büyüyüp parmaklıklar ardına girene dek onunla bir daha görüşmek istemiyordu. Ama o kadar şanslı değildi. Gidip onun su dolu bir

tekneye daldırılmasını seyretmesi
gerekiyordu. Üstelik tam da Kaba Ralph'in
Çamur Silahı Dünyası'nda doğum günü
partisi verdiği gün. Henry, Çamur Silahı
Dünyası'na gitmek için aylardır bekliyordu.
Bugün oraya gidebilme fırsatını
yakalamıştı. Bu onun tek şansıydı. Ama
hayır. Her şey mahvolmuştu.

Mükemmel Peter, kapının etrafında
dolanmaya başladı.

"*Ben* hazırım, Anne," dedi Mükemmel
Peter. Ayakkabıları cilalanmış, dişleri
fırçalanmış, saçları özenle taranmıştı.
"Acelen varken, bekletilmenin ne kadar can
sıkıcı olduğunu biliyorum," dedi Peter.

"Teşekkür ederim, Peter," dedi Anne. "En
azından çocuklarımdan biri nasıl
davranılması gerektiğini biliyor."

Felaket Henry hırlayarak Peter'a saldırdı.
Pençelerini ölü bir fareye geçiren akbaba
oluvermişti.

"AAAHHHH!" diye ciyakladı Peter.

"Kes şunu, Henry!" dedi Anne.

"Kimse bana törenin bugün olduğunu söylemedi!" diye bağırdı Henry.

"Söyledik," dedi Anne. "Ama dikkatle dinlememişsin."

"Her zamanki gibi," dedi Baba.

"*Ben* bugün gideceğimizi biliyordum," dedi Peter.

"POLLY'LERE GİTMEK İSTEMİYORUM!" diye bağırdı Henry. "Ralph'e gitmek istiyorum!"

"Arabaya bin. Hemen şimdi!" dedi Baba.

"Yoksa bir sene televizyon izlememe cezası alırsın!" dedi Anne.

Ne? Felaket Henry sızlanmayı kesti. Bir sene televizyon izlememe cezası. Bundan daha korkunç bir şey olamazdı.

Henry, asık bir suratla merdivenleri indi ve evden çıktı. Arabaya binmesini istiyorlarsa, binecekti.

"Kapıyı çarpma," dedi Anne.

ÇAT!

Felaket Henry, Peter'ı araba kapısının yanından iterek uzaklaştırdı ve şoför koltuğunun arkasındaki yeri kapmaya çalıştı. Mükemmel Peter, Henry'yi bacaklarından yakaladı ve onu geçmeye çalıştı.

Zafer Henry'nin oldu! Koltuğu önce o kaptı.

Henry şoförün arkasındaki koltukta oturmayı seviyordu, böylece hız göstergesini izleyebiliyordu.

"Anne," dedi Peter. "Şoförün arkasında oturma sırası bende!"

"Hayır değil," dedi Henry. "Sıra bende."

"Bende!"

"Bende!"

"Daha yola bile çıkmadan kavga mı ediyorsunuz?" dedi Baba.

"Sırayla oturacaksınız," dedi Anne. "Molada yerlerinizi değiştirebilirsiniz."

Rınn. Rınn.

Baba arabayı çalıştırdı.

Kapılar kilitlendi.

Felaket Henry kapana kısılmıştı.

Bir dakika. Bir umut kapısı var mıydı? Henry ile Peter arabada kavga edince, Anne her zaman ne derdi? "Eğer kavga etmeyi kesmezseniz, hemen U dönüşü yapıp eve geri dönerim!" Henry de zaten eve dönmek istemiyor muydu? Tek yapması gereken, en iyi yaptığı şeyi yapmaktı.

"Bir masal kaseti dinleyebilir miyiz?" dedi Mükemmel Peter.

"Hayır! Ben müzik kaseti dinlemek istiyorum," dedi Felaket Henry.

"Ben 'Fare Şehre İniyor'u dinlemek istiyorum," dedi Peter.

"Ben 'Matkaplı Yamyamlar'ı dinlemek istiyorum," dedi Henry.

"Masal!"

"Müzik!"

"Masal!"

"Müzik!"

ÇAT!

ÇAT!

"Aağğğğ!"

"Kes şunu, Henry," dedi Anne.

"Söyle Peter'a beni rahat bıraksın!" diye bağırdı Henry.

"Söyle Henry'ye beni rahat bıraksın!" diye bağırdı Peter.

"Birbirinizi rahat bırakın," dedi Anne.

Felaket Henry, Mükemmel Peter'a ters ters baktı.

Mükemmel Peter. Felaket Henry'ye ters ters baktı.

Felaket Henry koltukta yayıldı. Yavaş yavaş, adım adım, santim santim ilerleyerek Peter'ın alanına taştı.

"Henry benim alanıma geçti!"

"Hayır geçmedim!"

"Henry, Peter'ı rahat bırak," dedi Baba. "Ciddi söylüyorum."

"Ben hiçbir şey yapmıyorum," dedi Henry. "Geldik mi?"

"Hayır," dedi Baba.

Aradan otuz saniye geçti.

"Geldik mi?" dedi Felaket Henry.

"Hayır," dedi Anne.

"Geldik mi?" dedi Felaket Henry.

"HAYIR!" diye bağırdı Anne ve Baba.

"Daha yola çıkalı on dakika oldu," dedi Baba.

On dakika! Felaket Henry'ye sanki saatlerdir arabayla gidiyorlarmış gibi geliyordu.

"Gideceğimiz yolun çeyreğine vardık mı?"

"HAYIR!"

"Yarısına vardık mı?"

"HAYIR!"

"Yarısına varmamıza ne kadar kaldı?"

"Kes şunu, Henry!" diye bağırdı Anne.

"Beni deli ediyorsun!" diye bağırdı Baba.

Henry iç geçirdi. Tanrım, yolculuk ne kadar sıkıcıydı. Neden içinde video oyunları, sinema filmleri ve jakuzisi olan lüks bir arabaları yoktu ki sanki? Henry kral olduğunda, mutlaka böyle bir arabası olacaktı.

Henry, ağzı kapalı olarak yavaşça vızlamaya başladı.

"Henry vızlıyor!"

"Kes şunu, Henry!"

"Hiçbir şey yapmıyorum," diye karşı çıktı Henry. Ayağını yukarı kaldırdı.

"ANNE!" diye çığlık attı Peter. "Henry beni tekmeliyor."

"Peter'ı tekmeliyor musun, Henry?"

"Daha değil," diye mırıldandı Henry ve çığlık attı.

"Anne! Peter benim penceremden dışarı bakıyor!"

"Baba! Henry *benim* penceremden dışarı bakıyor!"

"Peter üzerime doğru nefes alıyor."

"Henry bilerek yüksek sesle nefes alıyor."

"Henry bana bakıyor."

"Peter benim alanıma geçti!"

"Söyle yapmasın!" diye bağırdı Henry ile Peter bir ağızdan.

Anne'nin suratı kıpkırmızıydı.

Baba'nın suratı kıpkırmızıydı.

"Buraya kadar!" diye bağırdı Baba.

"Daha fazla dayanamıyorum!" diye bağırdı Anne.

İşte! diye düşündü Henry. Eve geri dönüyoruz!

Ama araba U dönüşü yapacağına, otoyolun kenarındaki bir konaklama tesisine girdi.

"Mola veriyoruz," dedi Anne. Bitkin görünüyordu.

"Kim tuvalete gitmek istiyor?" dedi Baba. O, Anne'den de kötü görünüyordu.

"Ben," dedi Peter.

"Henry?"

"Hayır," dedi Henry. Bebek değildi. Ne zaman tuvalete gitmesi gerektiğini kendisi bilirdi.

"Burası mola vereceğimiz tek yer, Henry," dedi Anne. "Gitsen iyi olur."

"Hayır!" diye bağırdı Henry. Etraftaki birkaç kişi kafasını çevirip baktı.

"Arabada bekleyeceğim."

Anne ile Baba, tartışamayacak kadar yorgunlardı. Peter ile birlikte tesise doğru ilerleyip kayboldular.

Kahretsin. Henry elinden geleni yaptığı halde, Anne ile Baba yola devam etmek istiyor gibiydiler. Pekâlâ, eğer onları eve geri döndüremiyorsa, belki törene biraz *gecikmelerini* sağlayabilirdi. Ama nasıl? Birden Henry'nin aklına harika, olağanüstü fikir geldi. Çok basitti ve işe yarayacağı kesindi. Vaftiz töreninden yakayı kurtaracaktı!

Anne, Baba ve Peter arabaya geri döndüler. Anne arabayı çalıştırdı.

"Tuvalete gitmem gerek!" dedi Henry.

"Şimdi olmaz, Henry."

"TUVALETE GİTMEM GEREK!" diye bağırdı Henry. "ŞİMDİ!"

Anne tesise geri döndü.

Baba ile Henry, tuvalete gittiler.

"Seni dışarıda bekleyeceğim," dedi Baba. "Acele et, yoksa geç kalacağız."

Geç mi? Ne kadar hoş bir laftı bu.

Henry tuvalete girdi ve kapıyı kilitledi.

Sonra bekledi, bekledi, bekledi.

Sonunda Baba'nın aksi sesini duydu.

"Henry? Kubura mı düştün?"

Henry kapıyı sarstı.

"İçeride kilitli kaldım," dedi Henry. "Kapı sıkıştı. Dışarı çıkamıyorum."

"Dene Henry," diye yalvardı Baba.

"Denedim," dedi Henry. "Sanırım kapıyı kırmaları gerekecek."

Bu, birkaç saat sürerdi. Henry, klozete oturdu ve bir çizgi roman çıkardı.

"Bölmenin altından yan kabine geçebilirsin," dedi Baba.

Aahhhh. Henry gözyaşlarına boğulmak üzereydi. Yanları açık bir tuvalet kabininde hapsolmak talihsizlik değildi de neydi? Soğuk döşemede yatıp yuvarlanma fikri, Henry'nin pek hoşuna gitmedi. Nefesini tutup kuvvetle çekerek kapıyı açtı.

Felaket Henry, yolun geri kalanında yerinde sessizce oturdu. O kadar üzgündü ki, Peter şoförün arkasındaki koltuğa geçmek istediğinde bile karşı çıkmadı. Dahası araba tutmuştu.

Henry penceresini açtı. "Anne!" dedi Peter. "Üşüdüm." Baba kaloriferi açtı.

"Kalorifer çalışınca midem bulanıyor," dedi Henry.

"Midem bulanıyor!" diye inledi Peter.

"Midem bulanıyor!" diye sızlandı Henry.

"Neredeyse geldik sayılır," dedi Anne. "Araba durana kadar bekleye...?"

Blöğğğk. Henry, midesindeki her şeyi Baba'nın üzerine çıkarttı.

Araba bir ara sokağa saptı.

Anne ile Baba, arabadan inerek Polly'nin kapısının

önünde durdular.

"Hâlâ hayattayız,"
dedi Anne, elbisesini
silerken.

"Tanrı'ya şükürler
olsun, atlattık," dedi
Baba, elbisesini silerken.

Felaket Henry, ayağını sürüyerek
arkalarından yürüdü. Elinden geleni ardına
koymadığı halde, savaşı kaybetmişti. Kaba
Ralph, Titrek Dave ve Neşeli Josh bütün
öğleden sonra birbirlerine yeşil çamur
püskürterek eğlenirken, kendisi
kahkahalarla gülüp konuşan bir sürü
yetişkinle birlikte, bir kutlamada sıkılıp
duracaktı. Ne kâbus!

Ding dong.

Çıtkırıldım Polly
kapıyı açtı. Üzerinde
bornoz, ayaklarında
terlik vardı. Kucağında
leş kokulu, zırlak bir

bebek taşıyordu. Arkadan Sivilceli Paul geldi. Üzerinde, önü sarkmış, kirli bir tişört vardı.

"İğğğ," diye bağırdı Polly.

Anne, cehennemde yanmaktan son anda kurtulduklarını fark ettirmemeye çalıştı.

"İşte geldik!" dedi Anne neşeyle. "Tatlı bebek nasıl?"

"Çok çıtkırıldım," dedi Polly.

"Çok sivilceli," dedi Paul.

Polly ve Paul, Anne ve Baba'ya baktılar.

"Burada ne işiniz var?" dedi Polly sonunda.

"Vaftiz töreni için geldik," dedi Anne.

"Vera'nın vaftiz töreni için mi?" dedi Polly.

"Tören *önümüzdeki* haftasonu," dedi Paul.

Anne, düşüp bayılacakmış gibi oldu.

Baba, onun yanına bayılacakmış gibi oldu.

"Yanlış günde mi geldik?" diye fısıldadı Anne.

"Yani şimdi gidip daha sonra tekrar gelmemiz gerektiğini mi söylüyorsunuz?" diye fısıldadı Baba.

"Evet," dedi Polly.

"Hayır, olamaz," dedi Anne.

"Hayır, olamaz," dedi Baba.

"Blöğğk," diye kustu Vera.

"İğğğ!" diye sızlandı Polly. "Gitmem gerek."

Polly kapıyı kapattı.

"Yani eve dönebilir miyiz?" dedi Henry. "Yani şimdi?"

"Evet," diye fısıldadı Anne.

"Yaşasın!" diye çığlık attı Henry. "Sıkı dur Ralph, ben geliyorum!"

FELAKET HENRY

Felaket Henry karate kursuna gitmek isterken zorla dans kursuna sürükleniyor, Huysuz Matgaret'le mutfağa girip dünyanın en iğrenç "glop"unu yapıyor, kamp tatilini ailesine zehir ediyor ve küçük kardeşi Peter'a benzemek için var gücüyle çalışıyor.

FELAKET HENRY VE GIZLI KULÜP

Felaket Henry aşıdan kaçmak için bin dereden su getiriyor, kendisini Gizli Kulüp'e almak istemeyen Huysuz Margaret'ten intikam almak için plan yapıyor, kendi doğumgününde çıngar çıkartıyor ve anne-babasını kardeşi Mükemmel Peter'ın yaramazlıklarına inandıramıyor.

FELAKET HENRY DIŞ PERISINE OYUN OYNUYOR

Felaket Henry, Diş Perisi'nden para koparmak için ona oyun oynuyor, Huysuz Margaret'i yatılı misafir olarak ağırlıyor, öğretmenlerini sınıftan koşarak kaçırıyor ve kuzini Çıtkırıldın Polly'nin düğününü mahvediyor.

FELAKET HENRY'NİN BİTLERİ

Felaket Henry bitlenince çareyi bitlerini bütün sınıfa yaymakta buluyor, okul gezisinde sınıftan kopup kendi başına program yapıyor, akşam yemeğine gelen misafirleri kendi hazırladığı menüyü yemeye ikna ediyor ve kardeşi Mükemmel Peter'i Ezenpençe'yle tanıştırıyor.

FELAKET HENRY ÇABUK ZENGİN OLMA PEŞİNDE

Felaket Henry Noel'de istediği hediyeleri almak için türlü numaralar çeviriyor, okulun spor gününde ortalığı birbirine katıyor, ailesinden sıkıldığı için evden kaçıyor ve para kazanıp zengin olmanın en parlak yolunu buluyor.

FELAKET HENRY'NİN PERİLİ EVİ

Felaket Henry televizyon kumandasını Mükemmel Peter'a kaptırmamak için hain planlar yapıyor, perili odada bir gece geçirmek zorunda kalıyor, okul kermesinde büyük ödülü kazanmak için hazine haritasının sırrını çözüyor, katıldığı televizyon programında görgü kurallarını öğreniyor.

FELAKET HENRY VE MUMYANIN GAZABI

Felaket Henry Gizmo koleksiyonunu tamamlamak için yeni bir yöntem geliştiriyor, okulda başarılı olmanın yolunu buluyor, yüzme dersine havuzdaki köpekbalığı olarak katılıyor ve Anne'yi mumyanın gazabından kurtarmak için Peter'la plan yapıyor.

FELAKET HENRY'NİN İNTİKAMI

Felaket Henry, kardeşi Peter'ı perilerle tanıştırarak ondan intikam alıyor, ailesine bilgisayarlı şakalar hazırlıyor, babasının iş yerinde ilk defa kendisinden daha yaramaz biriyle tanışıyor, korkunç kantin görevlisinden kurtulmak için yemek pişirmeye başlıyor.